Mein Innerstes,

außen

tredition

© 2024 Katharina Müller

Lektorat von: Saskia Müller

Coverdesign von: Viktoria Müller

Druck und Distribution im Auftrag der Autorin:

tredition GmbH, Heinz-Beusen-Stieg 5, 22926 Ahrensburg, Deutschland

Kontaktadresse nach EU-Produktsicherheitsverordnung: poetrykat@web.de

ISBN 978-3-384-45008-1

Für meine Schwester, die mir ihr Licht gab,

als ich meines verloren hatte.

Mein Innerstes, außen

außen

Katharina Müller

 tredition

Vorwort

Bevor du anfängst die Werke zu lesen, die in meiner tiefsten und gebrochensten, jedoch auch stärksten Version von mir entstanden, möchte ich, dass du weißt, warum ich diese schrieb. Ich schrieb, weil ich mich allein in einer Welt aus tausenden Menschen fühlte. Ich schrieb, weil das Papier das einzige war, das meinen Schmerz aufnahm und mir gleichzeitig den Halt und die Passion für meine Seele gab. Ich schrieb um all den tiefen und verlorenen Ecken meiner Selbst eine Stimme zu geben, welche sie durch meinen Mund nie fanden. Ich wusste nie, wie ich meinen Schmerz ausdrücken sollte, also fing ich an Texte zu schreiben. Ich hoffe, dass du dich, mit meinen Werken verstanden fühlst, und verstehst, dass diese Welt aus mehr als Einsamkeit und Leere besteht. Ich möchte, dass meine Texte diesen Menschen und ihren tiefsten Ecken eine Stimme geben. Danke, dass du dich auf eine Reise durch meine Dunkelheit und Hoffnung begibst.

Und willkommen in meinem Kopf.

-Stromausfall

An, aus.

An, aus.

Ich schaffe es gerade noch so mich anzuziehen.

Aus.

Ich spüre, wie meine Beine sich bewegen,

mich durch diese Welt tragen.

An.

Ich unterhalte mich, lache, träume, vergesse und entstehe.

Aus.

Schwarz, da, doch nicht hier.

An.

Ich wachse, spüre mich, dich, uns, wir,

irgendjemand, der mich versehentlich an der Schulter berührt,

spüre die Welt,

Gedeihen, Wachsen, Blühen.

Aus.

Fiebertraum ist die einzige Beschreibung dafür,

denn das, was gerade noch da war, ist verschwunden,

jedes Gefühl gelöscht und leer.

An.

Hell.

Aus.

Dunkel.

An, aus, an, aus,…an.

Bitte, ich kann nicht zurück in diese Dunkelheit.

Aus.

Jeder Mensch, Wesen, Tier, Pflanze, Getreide,

Gewächs, Auto, Blätter, Büsche,

ich höre alles, alles außer mich, mein Herz, meinen Atem,
meine Füße auf dem Boden,

es ist alles weg.

An.

Ich schaffe es alles zu erledigen, was ich mir vornehme,
ich bin frei,

frei von einer Krankheit, frei von Sorgen, frei von…

Aus.

Und zurück, zurück in meinem Bett, liegend hoffe ich auf
das nächste Licht,

hoffe auf ein mich, dich, uns, wir, irgendjemanden.

Warte, warte und warte.

An.

Essen, ich kann essen ohne, dass mein Essen mich isst,

kann atmen ohne am Atem zu ersticken,

kann laufen ohne zu stolpern,

kann wachsen ohne zu brechen,

kann fühlen ohne zu erleiden.

Aus.

Steine, Druck, Angst, Folgen der Vergangenheit,
Hilflosigkeit, Tränen,

zu viele und doch zu wenige um mich zu befriedigen, zu
wenige um zu verstehen,

dass ich nicht mehr kann,

doch zu viele um zu schwimmen.

An.

Aus.

An.

Frische Luft strömt durch meine Lungen, ich atme,

draußen, ich habe es geschafft aufzustehen, geschafft mit
Leuten hinaus in die Welt

und Zukunft mit Farbe zu sehen,

ich habe es geschafft,

ich habe es,

ich habe,

ich...

Aus.

Und manchmal frage ich mich, warum ich noch stehe, warum und wie ich überstehe

Und überlebe, frage mich, wie ich gestern geschafft und heute versagt habe,

frage mich wie es wäre, wäre ich nicht ich

und würde ich Dinge schaffen wie...

An.

Waschen, Bett beziehen, lernen, Haare bürsten, zähneputzen,

all das ist so leicht, ich fühle mich normal,

wie ein Mensch, der Dinge schafft, der sein Leben schafft, sich selber erschafft

und Dinge beschafft,

fühle mich richtig, ganz und vollkommen, richtig, gut und wahr,

fühle mich.

Aus.

Ich glaube ich gebe auf.

Ich will aufgeben.

Ich kann aufgeben,

nicht aufgeben.

An.

Mir ist egal, warum ich aufgeben wollte, warum ich nicht mehr konnte, denn ich stehe, bin noch immer hier und sprang über alle Steine hinweg, ich stehe,

ich lebe, ich kämpfe, noch immer, für immer oder lange genug.

Ich bin noch hier, ich habe es geschafft.

Ich lebe.

Ich habe gekämpft.

Ich kämpfe.

Ich stehe noch immer.

An, aus, an, aus.

Ich stehe.

An.

Ich lebe.

Aus.

Ich kämpfe.

An.

Ich kämpfe.

Aus.

Ich lebe.

An, aus, an, aus.

Und ich stehe noch immer.

-

Vielleicht sind das die 90% ,

die mich davon abhalten glücklich zu sein,

die mich davon abhalten zu fühlen

und ein Leben zu haben.

Vielleicht sind es die 10% ,

die mir sagen, dass es geht

und ich glücklich werden kann.

Und vielleicht bin es auch nur ich,

die zwischen beiden steht.

-Warten auf dich.

Und ich warte.

Warte auf die mir fehlende Kraft.

Warte auf dich, warte auf deine Antwort,

denn ich rufe und brauche dich.

Denn ich tue weh und nur du kannst mir helfen.

Ich rufe dich und warte,

warte darauf deine Stimme zu hören,

warte darauf von dir zu erfahren.

Ich warte.

Ich rufe dich, denn ich brauche dich.

Es ist nichts mehr so wie es einst war, also warte ich,

warte auf eine Antwort, die nur du mir geben kannst,

warte darauf dich zu sehen,

bei dir zu sein.

Und dann rufe ich dich und freue mich dich zu hören,

doch du wirst nie mehr antworten können.

-Vergangenheit-Loslassen (Für Hele)

Ich habe Angst, dass meine Vergangenheit noch nicht vorüber ist,

dass sie mich weiter einholt, weiter verfolgt

und überwältigt.

Sie wird nicht vergangen sein, wenn sie noch ist.

Nicht sein, wenn sie vergeht.

Doch was ist, wenn sie noch ist?

Wenn es eine lange Kette

an Vergangenheit gibt, die ich nicht haben möchte.

Ich möchte sie mir vom Rücken schneiden und auf dem Weg liegen lassen,

sie zurück und hinter mir lassen,

sie soll vergangen sein.

Doch was, wenn nicht?

Was wenn die Schere kaputt und der Weg eine Grube ist?

Was ist, wenn ich meine Vergangenheit nie loslassen kann?

Ich will sie loslassen,

ich kann sie loslassen,

ich werde sie loslassen.

-

Weil ich noch genau weiß,

wie deine Stimme klang,

wie sie mich zum Lachen brachte.

Weil ich mich sehe,

mich mit dir bei ihr,

und weil ich weiß, was dann geschah.

Weil ich nun ich und nicht sie bin,

sehe ich euch, sehe ein wir,

doch ohne ein mich.

Sehe, wie du mit ihr, unser wir bist.

Und weil ich weiß, wie weh

mir meine Mundwinkel bei dir taten,

weil wir nicht mehr aufhören konnten zu lachen.

Weil ich dich an meinem Telefon

höre und sehe, wie du lachst,

etwas, das ich heute

nie wieder sehen darf.

Weil ich es weiß, wie es ist,

in einer Welt ohne dich.

Und du fragst, warum ich sie vermisse

und ich sage, weil ich weiß,

wie es mir ohne dich geht.

Weil ich weiß, wie dunkel

die Straßen ohne dich sind

weil ich dich nun kenne, weiß,

wie und wer du bist,

weiß, wer ich für dich bin und

wer ich für dich einst war.

Weiß, was du für mich warst

und noch immer bist.

Und nun sehe ich dich an,

sehe die wunderschönsten Augen dieser Welt,

doch statt einem Zauber, sehe ich Leere,

Leere die einst einmal gefüllt war,

sehe Dunkelheit und Verachtung

sehe nun dein jetziges Ich.

Doch du wirst nicht mehr in meine Augen blicken,

weil du dich nicht umgedreht hast,

als du gingst,

weil du nicht auch nur probiert hast

meine Hand noch länger zu halten

und obwohl ich weiß, dass

Freundschaft nicht immer ein

für immer hat,

taten wir doch so,

als könnten wir auf die Hochzeit

des anderen gehen,

taten so, als würden wir

Babypartys gemeinsam planen und so,

als ob wir noch im Altenheim,

wie auf Klassenfahrt in ein und

dasselbe Zimmer wollen,

weil jeden Abend lange aufbleiben

schon immer unser Ding war.

Wir taten so, als hätten wir eine Zukunft,

eine, in der wir beide glücklich wären

und welche wir zusammen erleben dürfen.

Taten immer so als gäbe es noch ein Morgen,

als gäbe es für immer ein wir.

Doch für das wir gab es nicht einmal ein

später.

Und obwohl ich wusste, dass ein Morgen

Nie garantiert war,

hoffte ich immer auf ein später,

auf ein gleich,

auf ein jetzt,

hoffte immer auf noch einen weiteren Moment.

Weil ich nun weiß, wie viel mir

ein jetzt mit dir bedeutet hat,

wie viel mir jede einzelne Sekunde am Telefon,

in der Schule

oder dir gegenüber, bedeutet hat.

Und nun weiß ich,

dass wenn ich nach dir rufen werde

keine Antwort mehr kommen wird,

denn du drehst dich nicht mehr um,

um mich zu sehen,

um noch einmal ein dich und mich zu sehen.

Und obwohl ich weiß,

dass du nie zurückkommen wirst,

hoffe ich doch auf ein irgendwann

auf ein morgen

auf ein später.

-Leben, jeden Tag

Die Erde braucht 24 h,

um sich um sich selbst zu drehen.

Und während sie sich in ihrer dreht,

drehen wir uns in unserer.

Wir haben 24 h pro Tag

und jede Minute gehört in der

nächsten der Vergangenheit an.

In diesen 24 h schaffen wir neues Leben

und lassen altes los.

Wir arbeiten 15 davon

oder sitzen Daheim.

Wir haben 24 h.

1440 Minuten.

Es ist nicht viel,

um aus einem Tag einen Tag zu machen.

Es bleibt nicht viel Zeit um deine

und meine Geschichte zu schreiben.

Nicht viel Zeit um glücklich zu sein.

Uns bleiben 24 h.

Jeden Tag.

24 h.

86.400 Sekunden um ein Leben zu leben.

Um diesen Tag nicht den anderen gleichen zu lassen.

Und bevor wir diesen Tag auch nur kurz

in den Händen halten konnten,

rieselt er hindurch.

Er ist nicht ewig, genauso wenig,

wie du und ich.

Wir sind nicht ewig.

Denn heute ist nicht gestern und

Morgen wird nie vorgestern sein.

Die Uhr läuft und läuft und läuft,

und egal wie sie stehen bleibt,

sie läuft.

Jede einzelne Sekunde ist Vergangenheit,

sobald sie verstrichen ist.

Wir haben 24 h.

Jetzt ist nicht mehr jetzt

Und gerade nicht mehr gleich.

Diese 24 h von heute,

haben wir morgen verloren.

Wir bekommen 24 h,

pro Tag.

Jeden Tag.

Doch was, wenn jedem morgen,

weitere 24 h geschenkt werden,

nur nicht dir und mir.

Würden wir leben?

Unsere letzte Chance nutzen?

Würden wir leben?

Weil das nun einmal alles ist,

was wir tun können,

leben,

jeden Tag.

Wenn wir es wagen aufzustehen.

-

Man sagt, dass es ohne Regen keine Blumen,

einen Regenbogen oder Wachstum geben kann.

Und das stimmt, zumindest in der Natur-

Doch im Leben?

Dort würde ich mir wünschen,

dass es endlich aufhört zu regnen.

Dass die Blumen endlich sprießen.

Ich würde mir wünschen unter der Sonne,

statt im Regen zu tanzen

und diesen Spruch nie wieder auf social Media zu hören.

Und trotzdem weint der Himmel mit mir,

und die Tropfen fallen mit meinen Tränen.

Und ich frage mich, wann es wieder hell wird,

wann ich wieder leuchten kann.

Wann ich wieder leben kann.

-

Aber früher habt ihr euch doch gefreut jeden Tag ein Türchen zu öffnen.

Früher warst du doch jeden Tag draußen.

Früher wolltest du immer Eis.

Früher.

Früher war ich dies.

Früher war ich das.

Früher war ich, ich.

Nicht ich, eine Art von mir, eine frühere Art von mir, ein kleines ich.

Oder nur ein Teil, den ich entdeckt habe.

Früher liebtest du diese Serie.

Tat ich das? Oder ließ ich es nur so aussehen, als ob ich das tun würde.

Wollte ich wirklich ein Eis zum Nachtisch oder nahm es nur, weil es alle taten?

Wollte ich das wirklich?

Wollte ich wirklich eine Serie schauen,

wolle ich wirklich Ich sein?

Oder wollte ich nur nicht so wie die anderen sein?

Wollte ich etwas besonderes sein, statt irgendetwas sein zu müssen?

Wollte ich endlich jemand sein?

Ich musste jemand sein, musste hineinpassen, doch was ich sein wollte,

hatte man mich nie gefragt, mir wurde vorgelebt, was andere sind, doch nie,

was ich sein könnte.

Wollte ich wirklich so sein, wie ich bin oder wurde ich in eine Form gepresst,

und hineingepresst, damit ich passe, in ein Bild passe,

und zu den anderen passe?

Doch wollte ich überhaupt passen?

Oder doch vielleicht lieber sein?

Was wollte ich, bevor mir alle sagten, was ich wollen soll, sein soll, sein werde.

Was wollte ich?

Vielleicht einfach nur normal sein, vielleicht einfach nur besonders sei,

vielleicht einfach nur sein, anstatt zu passen, vielleicht einfach nur leben,

anstatt zu überleben, vielleicht einfach nur sein dürfen,

anstatt sein zu müssen.

-Nur nicht so, wie die anderen

Hübsch,

aber nicht dieses hübsch.

Hüsch auf deine Art.

Nur ein bisschen zu viel Speck am Bauch.

Nur ein bisschen zu viele Pickel.

Nur ein bisschen zu dicke Augenbrauen.

Nur ein bisschen komische Füße.

Also doch nicht hübsch...

Doch schon, aber eben nicht so hübsch.

Nicht so wie die anderen.

Nicht so eine Nase, wie die anderen.

nicht so Haare, wie die anderen.

eben nicht so hübsch wie die anderen.

Aber hübsch, auf deine Art...

Aber perfekt, auf deine Art.

Eben nur nicht so wie die anderen.

Nur nicht so eine Stimme.

Nur nicht so ein Talent.

Nur nicht so einen Mut.

Nur nicht so ein Interesse.

Nur nicht so ein Lächeln.

Nur nicht so wie die anderen.

Aber perfekt, auf deine Art...

Meine Art?

Also doch nicht perfekt,

nicht auf meine Art und nicht auf ihre Art.

Nicht so wie die anderen.

Wunderschön, auf deine Art...

Nur nicht wie die anderen.

Gute Noten.

Nur nicht so gut, wie die anderen.

Schöne Haare.

Nur nicht so schön, wie die anderen.

Talent.

Nur nicht so talentiert, wie die anderen.

Schön, perfekt.

Nur nicht so, wie die anderen.

Also doch nicht.

Wenn es nicht so gut ist,

wie die anderen,

dann ist es gar nichts.

Wenn es alles auf meine Art ist,

die ich nicht habe,

habe ich dann etwas?

Oder ist es alles nur Leere,

die ich habe?

Und mein Kopf weiß nur eines:

Es ist alles richtig,

nur nicht so, wie bei den anderen.

-Alt genug

Dafür bist du schon alt genug.

Alt genug?

Ja, alt genug,

um selber zu duschen,

dir die Zähne zu putzen,

dich anzuziehen,

mir zu helfen...

alt genug, um zu verstehen,

wie man hätte, reagieren sollen.

Aber Mama, Papa, ich weiß

das noch nicht,

ich kann das noch nicht wissen.

Doch, denn dazu bist du alt genug.

Mama, Papa, kann ich Karussell fahren?

Nein, dazu bist du noch nicht alt genug,

das kannst du noch nicht.

Aber Mama, Papa, ich wollte doch nur fahren,

das hätte bestimmt Spaß gemacht.

Nein, das schaffst du noch nicht,

du bist noch nicht alt genug.

Doch ich glaube, ich hätte es geschafft,

ich wollte mutig sein.

Nein, das kannst du noch nicht.

Warum kannst du nicht einmal alleine spielen,

dass kannst du alleine,

dazu bist du alt genug.

Du bist alt genug um deine

eigenen Entscheidungen zu treffen.

Alt genug um dir selber etwas zu holen.

Alt genug um alleine damit fertig zu werden.

Du bist alt genug.

Aber Mama, Papa, ich möchte das noch nicht schaffen,

ich möchte, dass du bei mir bist.

Nein, du bist alt genug.

Alt genug um das zu tun,

was ich dir sage.

Alt genug, um alleine etwas zu tun,

alt genug, für alles,

wozu du noch nicht fähig bist,

alt genug für etwas, das du noch nicht kannst.

Alt genug um zu verstehen,

dass du für Dinge, die du möchtest,

noch nicht alt genug bist.

-Nur meinen Namen (Trigger Warnung: Narben)

Du kennst meinen Namen, aber nicht meine Geschichte.

Du kennst mein Lächeln, aber nicht meine Tränen.

Du kennst meinen Körper, aber nicht meine Narben, auf ihm.

Du siehst, wo ich stehe,

doch nicht, wie ich dorthin gekommen bin.

Du kennst mein Leben, aber nicht meine Vergangenheit.

Du siehst meine Augen,

aber nicht von wem sie kommen.

Du siehst meine Noten, doch nicht die Verzweiflung.

Du siehst mich,

doch nicht den Weg den ich habe durchmachen müssen.

Du denkst, du kennst mich, doch du hast keine Ahnung,

wie ich zu diesem „mich" herangewachsen bin.

Du denkst, du weißt, wer ich bin,

aber siehst nur meine Maske.

Du denkst du siehst mich-

doch du hast keine Ahnung.

-

Was würdest du tun,

würde ich dir sagen, wie es ihr wirklich geht?

Wie sie wirklich aussieht.

Wie sie sich wirklich fühlt.

Wie sie wirklich leidet.

Was würdest du sagen, wenn du sie sehen würdest?

Nicht nur sie, sondern sie.

Was würdest du machen?

Wüsstest du ihre Vergangenheit,

wüsstest du ihren Schmerz.

Wüsstest du sie.

Was würdest du tun?

Würdest du sie kennen.

Das kleine Mädchen in mir, das noch immer nach Frieden sucht.

Was ist passiert?

-

Für meinen zukünftigen Freund:

Es tut mir leid.

Es tut mir leid, dass ich meinen Körper

für etwas bestrafe, was in meinem Kopf passiert,

es tut mir leid, dass ich mich selber bekämpfe,

weil andere mir gezeigt haben, wie es geht.

Es tut mir leid.

Denn vielleicht liebst du mich so wie ich bin,

doch vielleicht auch nicht.

Und auch, wenn ich mich für so etwas nicht

Entschuldigen sollte, tue ich es.

Denn es tut mir leid, dass du mich nicht kanntest,

bevor mir all das passiert ist.

-

Ich erzähle dir vom jetzt,

jetzt, in dem alles eskaliert.

Ich betrachte deine Augen, wie sie fragen.

Fragen, warum und wie

es so weit kommen konnte,

warum wir das nun sein und

wie wir es ablegen.

Gar nicht.

Tränen laufen dir über dein kleines Gesicht,

das mich und sich nicht erkennt.

Das mich und sich nicht versteht.

Ich nehme dich in den Arm und versuche

Zu sagen, dass alles gut wird.

Doch du glaubst mir und dir nicht,

denn ich tue es selbst nicht mehr.

-

Wie geht es dir?

Gut, natürlich.

Es gab noch nie eine andere Antwort,

und wird es auch nicht geben.

Welche denn auch?

Schlecht?

Nein, mir geht es nicht schlecht, auf jeden Fall nicht so schlecht,

dass man jemanden belasten müsste,

nicht so schlecht, dass es auffällt,

nicht so schlecht, dass es beachtet werden muss.

Also geht es mir gut.

Gut, das sagst du jedes Mal!

Sagen sie.

Sie haben recht.

Gut, geht es mir immer,

immer wenn du frägst,

immer, wenn du schweigst.

Gut, geht es mir.

Wie denn auch nicht, ich habe doch alles.

Ein Haus. Ein Bett. Essen.

Ich habe doch alles.

Mir geht es gut.

Sie fragen mich, ob ich die Wahrheit sagen würde.

Denn ich sehe nicht so aus, als ob.

Doch, natürlich ist alles gut, antworte ich und beruhige dich.

Was hast du auch anderes erwartet,

es gibt keine andere Antwort als gut.

Gut, beschreibt es, ohne ins Detail gehen zu müssen.

Gut, beschreibt meine Lügen.

Gut, beschreibt das, was ich gelernt habe.

Gut, beschreibt nicht zu viele Emotionen.

Gut, beschreibt meine Maske.

Mir geht es gut, wie auch sonst,

ich meine, es ist jetzt nicht alles gut,

aber schlecht eben auch nicht, nur ein bisschen.

Nur eine kleine Dunkelheit breitet sich aus,

nur kleine dunkle Gedanken und Taten,

nur kleine dunkle Welten,

nur kleine Tränen,

nur kleine Hilfeschreie-

versteckt hinter einem Wort- Gut

-Erzähle mir von der Liebe

Erzähle mir von der Liebe,

wie es ist zu lieben.

Und wie es sich anfühlt, geliebt

zu werden.

Wie es sich anfühlt eine so starke

Verbindung zu einem Menschen

zu haben, dass man es

Liebe nennen kann.

Bitte erzähle mir davon,

wie es ist, wenn man in Augen

sieht und ihr Leuchten erkennt.

Erzähle mir davon, wie es sich anfühlt,

zu fühlen.

Zu fühlen und Gefühle zu haben.

Etwas zu haben,

von dem alle sagen, dass es mehr ist,

als sie wollen.

Das es das ist,

was sie sich am meisten wünschen.

Erzähle es mir, denn ich weiß nicht,

wie es sich anfühlt,

zu lieben.

Und wie man fühlt, das man fühlt.

Ich weiß nicht, wie ich erkennen soll,

dass es Liebe ist.

Man sagt mir, wenn es das wirklich ist,

werde ich es erkennen,

aber wie erkenne ich das Erkennen

und wie verstehe ich,

dass es jetzt Liebe ist

und nicht nur ein Schwarm,

eine Phase oder zukunftslose Liebelei,

wie erkenne ich die Liebe

und wer sagt mir, dass meine Gefühle

die sind, die man mit der Aufschrift

-Liebe- versehen würde.

Wie merke ich, dass ich verliebt bin

Und wie fühlt sich dieses Merken an?

Denn irgendetwas muss ich doch fühlen,

sonst würden Menschen nicht alles dafür tun,

um dieses Gefühl zu erlangen,

oder?

Bitte erkläre mir,

wie ich liebe und wie ich mit Liebe lebe,

wie ich es schaffen soll Gefühle,

welche ich nicht kenne

und zu denen ich nicht bereit bin zu fühlen,

umgehen soll.

Erkläre mir, wie ich meinen Kopf dazu bringen soll,

zu verstehen, dass das Liebe ist

und zu unterscheiden,

was sie nicht ist.

Ich bitte dich, erkläre mir,

was Liebe ist und wie ich Gefühle

in einer Hülle aus Leere haben soll,

wie ich ein Licht in einem Dunkel haben soll

und wie es alles besser machen soll.

Erkläre mir, was an Liebe so schön ist,

denn ich habe wahre Liebe noch nicht erfahren

und ich bin ehrlich, ich habe Angst.

Angst davor zu lieben, geliebt zu werden

und mich zu verlieben.

Ich habe Angst davor,

mich zu einem Menschen hingezogen

zu fühlen,

zu dem ich nie Kontakt haben sollte.

Ich habe Angst,

denn was ist, wenn die Liebe,

die es für die anderen gibt,

nicht für mich gibt.

Wenn sie sie haben und

ich sie nicht halten kann.

Wenn sie in Liebe leben.

Und ich in Leere.

Was ist, wenn ich Liebe gehen lassen muss,

von der ich dachte,

dass sie für immer bleibt.

-

Tür auf, Tür zu.

Leiter rauf, Leiter runter.

Hin, zurück.

Schauen, wegschauen.

Lernen, wiedergeben.

Schreiben, durchstreichen.

Planen, vergessen.

Auf, zu.

Nein, ja, ja, nein.

Schicken, löschen.

Lesen, vergessen.

Gehen, rückwärts, vorwärts.

Schlafen, aufwachen.

Schneiden, wachsen.

Aus, an.

Hin oder her?

Was nun?

Woher weiß ich,

welchen Weg ich nehmen soll?

Wer sagt mir, wo lang ich gehen soll?

Wann weiß ich, ob etwas richtig ist?

Wie merke ich, dass es Zeit ist?

Woher soll ich wissen,

welche Entscheidung die richtige ist?

Woher?

Woher soll ich es wissen,

ich muss es doch wissen!

-

Und jetzt?

Wie geht es jetzt weiter?

Wie soll man mit etwas leben,

 das so tief geht?

Was jetzt?

Wie sollen wir weiter machen?

Wollen wir wirklich gegenübersitzen

Und die Leere bei dem jeweils anderen sehen?

Oder so tun, als wäre nie etwas gewesen?

Und jetzt?

Wie gehen wir nun unsere Wege?

Wirklich jeder alleine?

Oder wie geplant?

Was jetzt?

-Altes wir?

Neues Jahr, altes wir?

Altes ich? Ich glaube nicht.

Denn du nahmst meinem Leben

dein Licht, das du mit dir nahmst,

als du gingst.

Nun ist alles dunkel und der Platz

in meinem Herzen,

an dem du einst warst,

ist leer.

Ich glaube nicht daran, dass ihn jemals

jemand wieder füllen könnte.

Denn niemand passte so perfekt an diese Stelle,

wie du.

Niemand hat mir an Tagen sein Lächeln gegeben,

als ich meines verloren hatte.

Nur du hast mir mein Herz

vom Boden meiner Seele aufgehoben.

Nur du warst bei mir.

Nur du, an diesem Platz neben mir,

an dem nun keiner mehr ist.

Nur noch Leere, die du hinterlassen hast.

Nur noch Dunkelheit.

Nur noch eine Frage:

Was wären wir, wären wir anders?

Wären wir glücklich?

Wären wir doch ein altes wir?

Würden wir noch zusammen lachen?

Wären wir noch wir?

-Wolke 7

Wir waren auf Wolke 7,

welche nun Wolke 3 ist

und Wolke 5 auch nie gleichen wird.

Wir waren auf Wolke 7,

schwebten in der Luft, als ob wir nie etwas anderes

getan hätten.

Wolke 3 beschreibt das, was wir nun sind,

etwas, das sich nicht wie eine Wolke

aus Leichtigkeit anfühlt,

eher etwas das Steinen im Inneren ähnelt.

Wir waren auf Wolke 7,

vielleicht manchmal höher

und ich wünschte, wir wären die Leiter

nie hinabgestürzt und hätten sie nie verloren,

wünschte wir wären noch ein wir

und würden in den Lüften tanzen.

Wolke 7 war unsere Vergangenheit

Und Wolke 3 unsere Realität,

welche ich niemals einsehen will,

ich möchte die Augen schließen

und mein Herz verschließen,

vor der Wahrheit, die jeden Morgen auf mich wartet.

Ich möchte meine Lider

für immer geschlossen halten,

denn dahinter sitzen wir noch zusammen

in meinem Zimmer und tauschen Geschichten,

welche nur wir zwei erlebten.

Erzählen über unsere inneren Kinder

und was sie mit uns machen,

zu was sie uns verleiten und

wir uns verleiten lassen.

Hinter meinen Lidern ist es hell,

hell, denn ich weiß, dass du

in dieser Welt noch bei mir bist.

In dieser Welt laufen wir durch ein Labyrinth

Und suchen nur den anderen,

laufen durchs Leben des anderen,

denn wir machen deine und meine Probleme

zu unseren.

Wir sind wir.

Und nun?

Nun waren wir, wir.

Nun gibt es nur noch ein du und ich

Und Wolke 3 wird schnell zu Wolke 1.

Wir sind fast Fremde.

Fast.

Denn wir haben eine gemeinsame Geschichte,

eine, vor der ich nicht länger die Augen verschließe,

eine, welches kein gutes Ende,

jedoch den wunderschönsten Anfang hatte.

Eine Geschichte, welche dich und mich

verbindet.

Doch manchmal denke ich daran,

wie es wäre, wenn die Geschichte

keine Geschichte, sondern Realität wäre,

wären wir doch noch wir.

Manchmal denke ich an unsere Zeit zurück

und spüre noch immer den Schmerz,

welcher mein Herz durchbricht.

Denn obwohl ich die Tür zugemacht habe,

habe ich doch nie abgeschlossen.

-BFF

„Das ist euer Zeichen etwas Kreatives mit eurer besten Freundin zu machen"

Höre ich tagtäglich jemanden auf meiner For you Page sagen,

und ich frage mich, wie es wäre eine beste Freundin zu haben.

Jemand, mit dem ich einmal wirklich das machen kann,

was alle auf social media machen.

Jemanden zu haben, dem man im Urlaub room touren von seiner Ferienwohnung schicken kann

und dem man jeden Tag erzählt,

wie es einem geht.

„Heute mache ich ein Pick Nick im Park mit meiner BFF"

Höre ich nun zum 5. mal eine fröhliche Stimme aus meinem Lautsprecher sagen,

und ich frage mich, wie es wäre, hätte ich so jemanden,

für den es sich lohnt aufzustehen.

Snapchat Nachricht.

„Shoppen mit meiner besten Freundin", ist die Überschrift.

Und ich frage mich, wie es wäre, hätte ich jemanden,

mit dem ich mein Geld für unnötige Dinge ausgeben könnte

und mit dem sich mein Leben wenigstens ein bisschen wie ein Teenage Traum anfühlt.

Tik Tok

„Übernachtung mit meiner ABFFI"

„Endlich lerne ich meine Internet beste Freundin kennen"

Und,

„Meine beste Freundin und ich, wenn wir zusammen sind."

Lese ich als Titel aller Videos und Fotos, welche mir immer und immer wieder angezeigt werden.

Und ich frage mich, wie es wäre, wäre mein bester Freund kein Stofftier

und könnte ich jemandem Videos schicken mit der Nachricht darunter:

„Lass uns das auch unbedingt einmal machen"

Ich frage mich, wie es wäre, hätte ich ein dich, und wir ein wir.

Frage mich, wie es sich wohl anfühlen mag, jemanden zu haben

und sagen zu können, dass ohne sie nichts in meinem Leben funktionieren würde.

Whats App.

Status von jemandem, von dem ich dachte, ich könnte sie beste Freundin nennen.

„Wer braucht die Welt, wenn man sie haben kann?"

Steht unter ihrem Foto mit ihrer besten Freundin.

Und ich sehe ihre Profilbilder, welche aus Collage mit Fotos von ihnen und

ihren besten Freunden sind, in denen sie die neusten Selfie-Posen,

für beste Freunde ausprobieren.

Instagram

„Spiele, die ihr unbedingt mit eurer BFF bei einer Übernachtung spielen müsst"

„Frisuren für beste Freunde"

„Partner Outfits für beste Freunde"

„Werbung für Pullis die du und deine BFF zusammen tragen könnt"

Und ich frage mich, was ich tun würde, würde ich endlich jemanden haben,

den ich BFF nennen kann.

Würde ich nicht alleine in meinem Bett liegen und die Tränen über mein Gesicht laufen spüren.

Ich frage mich, wie ich wäre, hätte ich eine Person, der ich Memes schicken kann,

und welche nur wir verstehen.

Und könnte ich eine Person auf Whats App anpinnen,

weil ich so oft auf unseren Chat gehe, dass er sowieso immer oben steht.

Wie wäre es, wäre auch mein Status voll mit Fotos von einer besten Freundin

und wäre mein Profilbild, Hintergrund und Story von uns beiden kreiert.

Und frage mich, wie es wäre, wärst du hier.

Und könntest all das mit mir sein, was du mit ihr bist.

Könntest du all das mit mir unternehmen und erleben, was ich nun,

auf social media, von dir verfolge.

Und könnte ich noch einmal sagen, dass wir immer Freunde bleiben würden.

Beste Freunde.

Für immer.

Für die Ewigkeit.

Alles, doch irgendwie nie für mich.

Nicht mehr und vielleicht auch nie wieder.

Denn immer ist nicht immer, für immer.

\-

Nun bist du weg,

weg und unerreichbar.

Dabei hatten wir doch noch

so viel Zeit.

Zeit zum Freuen und Streiten.

Zeit, zum Lachen und Weinen.

Zeit uns mit vollen und leere

Augen anzusehen.

Zeit.

Ich wünschte, wir hätten welche.

Doch die Minuten rieseln mir,

wie Sandkörner durch die Hand.

Zeit,

wir bräuchten welche,

doch verloren sie auf

unserem Weg.

-

Früher einmal ja.

Ja, früher war ich glücklich,

und auch wenn ich es einst einmal vergessen hatte,

hatte ich eine schöne Kindheit.

Denn in ihr gab es noch keine Angst vor draußen.

In ihr gab es keine Nächte mit Militärflugzeugen über mir.

Ich würde lügen, würde ich sagen, dass sie perfekt war,

doch manche Tage kamen dem schon ziemlich nah.

Damals habe ich es nicht verstanden, wie ich lebe

Und wie ich mich hätte, glücklich schätzen können.

Damals wusste ich nicht, was es heißt, nicht mehr
aufstehen zu können

oder es gar zu wollen.

Damals war ich laut und freudig.

Damals wünschte ich mir ein Teenager zu sein.

Und heute wünsche ich mir Kindheitszeit-

Denn damals war ich glücklich.

\-

Und auf einmal hören wir auf.

Zu lachen.

Zu reden.

Uns gegenseitig zuzuhören.

Uns zu helfen.

Zu telefonieren.

Zu schreiben.

Und ehrlich gesagt vermiesse ich

diese Zeit.

In der wir zusammen gelebt haben,

doch nun sitzen wir nur nebeneinander

und es fühlt sich so an, als

hätten wir all das nie erlebt,

hätten all die Gespräche nie geführt,

die nun nur noch leere Gedanken sind.

-Nicht eine Träne

Nicht eine Träne,

nicht eine Träne, sah ich deine Wange herunterlaufen.

Nicht eine Träne, sah ich in deinen Augen.

Nicht eine Träne, sah ich, in Momenten, die mich brachen.

Nicht eine Träne, sah ich, durch meine eigenen.

Nicht eine Träne, blieb auf deinem Gesicht.

Nicht eine Träne, hinterließt du.

Nicht eine Träne, nahmst du.

Nicht eine Träne, zeigst du.

Und trotzdem sind sie da

und rollen versteckt unter deinen Augen.

-Festhalten

Manchmal halten wir fest, weil das alles ist, was uns mit dem verbindet,

was wir verloren haben.

Etwas das einst uns gehörte,

uns bereicherte und glücklich machte.

Wir halten fest, um unsere Lider vor der Wahrheit nicht öffnen zu müssen.

Um nicht einsehen zu müssen, dass es keine Zukunft,

kein irgendwann, kein eines Tages geben wird.

Wir halten fest, an einer Zeit, in der es ein Morgen gab,

an einer Zeit, in der wir glücklich waren.

Wir halten fest, um nicht alles verlieren zu müssen, was uns einst so glücklich gemacht hat.

Und ja, wenn man loslässt, hat man beide Hände frei,

jedoch liegen in ihnen dann nicht mehr die des anderen, wenn wir loslassen, sind sie leer,

wenn wir loslassen, verlassen wir alles, was uns erfüllte.

Unsere Hände sind frei, jedoch allein.

Sie sind frei, doch einsam.

Frei, doch ohne ein dich.

Wenn man loslässt, hat man beide Hände frei, und deshalb halten wir fest, weil wir nicht allein sein wollen, nicht vergessen wollen,

keine Zeit loslassen, gehenlassen oder verlassen wollen.

Wollen nur behalten, festhalten, erhalten, wir wollen ein wir, ein uns,

ein dich und mich.

Wir wollen halten.

Und manchmal behalten wir, weil wir jegliche andere Verbindung verloren haben,

doch nicht uns verlieren wollen, uns selber nicht verlieren und aufgeben wollen.

Wir wollen, möchten, bitten und beten.

Wir.

Können uns mit keiner weiteren Träne in diese Zeit zurückziehen,

können uns nicht mit Bitten zurückholen, was wir verloren,

können uns nicht wieder aufbauen, wie eine Burg mit Bauklötzen.

Wir haben verloren.

Wir alle.

Verlieren, verloren hatten gefunden.

Wir.

Fanden, erfanden, befanden.

Wir haben erlebt, was jemand damit meint, wenn er sagt er sei glücklich, wissen genau, was damit gemeint sei, denn wir waren glücklich, waren.

Einst einmal, waren wir erfüllt,

erfüllte die Zeit unser Herz, waren wir...

Wir waren.

- (Trigger Warnung: Tod)

Du bist dort.

Und ich hier.

Hier unten und

sehe deinen Körper.

Er, der all das mit mir

erlebt hat.

Ich sehe ihn.

Tod.

Ich sehe dich.

Aber was siehst du.

Siehst du Licht?

Siehst du ihn?

Siehst du mir von

dort oben zu?

Betrachtest jede

einzelne Träne?

Ich hoffe du tust es.

Ich weiß,

du tust es.

-2 Tage

Ich sollte sie beantworten.

Ich sollte sie lesen.

Ich sollte zurückschreiben.

Ich sollte reagieren.

Und trotzdem sehe ich sie

und etwas in mir macht zu.

Vielleicht ist es mein Kopf.

Vielleicht ist es auch der Inhalt.

Vielleicht ist es meine Kraftlosigkeit.

Ich sollte antworten.

Sie ist dort seit 2 Tagen.

Ich sehe sie seit 2 Tagen.

2 Tage.

48 Stunden.

Ich sollte reagieren.

Ich muss reagieren.

Ein Wort, zwei Wörter, drei Wörter.

Löschen.

Erneut anfangen.

5 Wörter.

Löschen.

Ignorieren.

3 Tage.

Ich sollte antworten.

1 Wort.

Löschen.

Aufgeben.

-

Wieso sind es eigentlich

immer die anderen,

die tolle Ideen haben,

immer die anderen,

die glücklich sind,

immer die anderen,

die ihr Leben führen können.

Immer die anderen,

die gelobt werden.

Wieso kann ich das nie sein?

Das klingt egoistisch, oder?

Oder ist es doch wieder mein Kopf,

der sagt, dass es so sei,

nur weil es mein Kopf ist.

Er sagt es, weil er eben nicht so ist,

wie der der anderen.

Weil es eben wieder der Kopf der anderen ist,

der besser ist,

der stärker ist,

der besonders ist.

Weil es wieder der der anderen ist,

der gelobt wird,

weil es eben der der anderen ist

und nicht meiner,

es ist nie meiner.

-Gehört werden

Ich möchte gehört werden,

denn ich brauche Hilfe,

die mir niemand geben kann.

Ich möchte gehört werden,

denn ich schreie, doch niemand

kann mich hören.

Ich möchte gehört werden.

Ich möchte jemanden, der mir in die

Augen blickt und meinen Schmerz sieht,

der mich hört,

meine Schreie, die lauten und die stummen.

Ich möchte gehört werden.

Es ist keine Phase!

Ich bin stark belastet.

Ich möchte gehört werden.

Ich möchte jemanden, der mir hilft,

weil er daran glaubt, dass ich es schaffen kann,

ich möchte gehört werden.

Ich möchte wieder Emotionen

spüren können.

Ich möchte gehört werden.

Jemanden, der mir zuhört.

Ich möchte gehört werden.

Ich verdiene es gehört zu werden.

Ich verdiene Hilfe.

Ich verdiene es aus diesem Loch zu kommen.

Ich verdiene es jemanden zu haben.

Ich möchte gehört werden.

Ich muss gehört werden.

Wir müssen gehört werden.

-

Und es tut weh

und weh

und weh.

Es hört nicht auf und

ich kann nicht mehr,

ich kann das alles nicht mehr.

Ich schaffe nichts mehr.

Ich kann nicht mehr aufstehen,

ohne mich nach dem Hinlegen

zu sehnen.

ICH KANN NICHT MEHR!

Ich wünschte,

dass es einfach aufhören würde,

aufhören würde weh zu tun.

Denn es tut jeden Tag mehr weh.

Jeden einzelnen Tag

und ich will einfach nur,

dass die Schmerzen aufhören.

Ich kann nicht mehr jeden Tag

mit Schmerzen leben,

es tut so weh...

ich will, dass es aufhört,

weh zu tun,

bitte, da muss doch irgendetwas sein,

damit es aufhört

oder bin ich wirklich so

hoffnungslos und

verloren,

wie es mir mein Kopf sagt?

\-

Tränen,

sie gleichen den Regentropfen,

welche an meinem Fenster hinab rinnen.

Sie erzählen eine Geschichte,

von einem Mädchen.

Einem Mädchen, welches die Sonne strahlen ließ,

doch innerlich auf dem Mond ist.

Von einem Mädchen,

welches alles faken soll,

von einem Mädchen,

welches lieber nicht da wäre, statt es zu sein.

Von einem Mädchen,

welches nur hineinpassen möchte,

in einen Hintergrund, den alle für sie malten.

Von einem Mädchen, das sein möchte;

Von einem Mädchen, das lieben möchte;

Von einem Mädchen, das leben möchte.

-

Mein Herz hat schon vieles durchgemacht,

ausgehalten und überlebt.

Doch nichts war so schlimm,

wie der Moment,

in dem es brach.

-

Und ich merke, wie ich den Kampf verliere,

den Kampf, gegen meinen Kopf,

einen Kampf, welchen ich nie führen wollte

und doch muss,

weil Menschen meinem Kopf Waffen gaben,

mit denen er nun mich und mein Licht bekämpft.

Und ich merke, wie ich endgültig verliere.

Endgültig mein Licht verliere.

Ich habe Angst,

so große Angst, mehr als ich in meinem Leben je hatte.

Denn ich weiß nun, dass ein einziger weiterer Schritt

nach vorn mein Ende bedeuten wird.

Ich stehe doch eigentlich noch am Anfang

meines Lebens und bin doch mehr am Ende,

als ich es je war.

Und eigentlich will ich nicht enden,

will nicht beendet werden, oder?

Denn eigentlich weiß ich nicht, was ich will,

wohin ich gehöre und zu wem ich gehöre,

zu wem ich immer gehen kann.

Denn ich habe einfach keine beste Freundin,

habe niemanden, der mir guten Morgen und Abend schreibt.

Habe keine Person, die jeden Tag neben mir sitzt und sagt,

halte nur noch ein bisschen durch.

Und ich spüre, wie ich den Kampf verliere.

Ich will nicht verlieren, doch habe keine Kraft zum Kämpfen mehr.

Denn nun weiß ich, das ich verliere

und keine Chance auf einen Sieg habe

Oder hatte.

-Hoffnung

Eines Tages, werde ich glücklich sein,

werde ich zurück sein,

wird es mich wieder geben.

Eines Tages finde ich mich,

weiß wer ich bin, was ich fühle,

sein will, werde und könnte.

Eines Tages bin ich oben an der Leiter angekommen

und habe gesiegt, stehe mit erhobenen Armen auf der

Spitze der Berges und blicke auf alles zurück,

was ich überwunden habe.

Eines Tages,

wenn alle Lichter in mir, an mir und

für mich erstrahlen,

wenn ich mit beiden Beinen fest stehe.

Dann, genau dann werde ich sagen,

dass ich es geschafft habe.

Eines Tages.

Weiß ich, wozu ich auf dieser Welt bin.

Eines Tages, werde ich leben.

Eines Tages- Ist jetzt.

-

Sie sagen, dass alles gut werde.

Und doch sitze ich noch immer hier.

Sie sagen, dass alles Gut werde.

Gut, es soll gut werden,

doch ich bin immer noch hier.

Es wird alles Gut.

Ich aber nicht.

Sie sagen, dass alles Gut werde.

Aber seht mich an!

Ich bin noch hier und nicht gut!

Seht mich an!

Seht mich endlich an! Bitte.

Sie sagen, dass alles Gut werde

und doch sitze ich hier und schweige.

Es wird alles Gut werden, sagen sie

und doch sehen sie mich nicht.

Alles wird gut, sagen sie.

Doch ich nicht mehr.

-Nicht diese Art von mir

Um Erlich zu sein...

Ich kann das nicht tun,

nicht, weil ich keine Zeit oder Lust habe,

mit dir etwas zu unternehmen, nein,

sondern weil ich einfach nicht so jemand bin.

Ich mag es nicht jeden Tag shoppen zu gehen.

Mag es nicht jeden Morgen ein süßes Outfit
herauszusuchen

und passendes Make-up aufzutragen.

Ich bin nicht dieses Mädchen,

nicht diese Art von mir selbst.

Und du frägst mich, warum ich heute schon wieder

keine Zeit habe, um deinen neuen Lockenstab
auszuprobieren,

und ich kann es dir nicht erklären.

Denn wie erklärt man jemandem, dass man so nicht sei,

wenn dieser mich nur so kennt?

-

Spiel deine Rolle,

spiel sie perfekt.

Sei eine anständige Tochter.

Sei brav, sei artig, sei offen.

Sei gut in der Schule.

Habe gute Noten.

Sei eine treue Freundin.

Sei eine gute Schwester.

Sei eine gute Nichte.

Sei eine gute Enkeltochter.

Sei eine gute Schülerin.

Pflege dich.

Lächle doch mal.

Räume dein Zimmer auf.

Leg das Handy weg.

Warum hörst du denn nicht?

Warum tust du nicht, was wir sagen?

Warum bist du nicht der Mensch, der du zu sein hast?

Warum bist du nicht der Mensch,

der von dir verlangt wird zu sein?

-

Ich möchte weg,

weg und raus hier.

Etwas Neues im Alten.

Abstand.

Alles rückgängig machen.

Alles vergessen.

Alles loslassen.

Ich möchte raus, raus hier.

Die Zeit vergessen.

Ignorieren.

Stoppen.

Aufhören.

Beenden.

-

Musik laut-

Und für einen Moment

Vergessen.

Vergessen, was geschah,

geschehen wird.

Geschieht.

-

Und dann ist da dieser Moment,

wenn meine inneren Scherben

schon an meinen Füßen hängen,

nur meine äußere Hülle steht noch,

damit es niemand merkt,

dass ich innerlich gerade zerstört bin.

-

Alles ist so anders ohne dich,

mein Bett, mein Zimmer,

der Weg nach Hause,

Mittagessen, schlafen,

mit dem Wissen vor 1 Woche

noch in deinen Armen gelegen zu haben.

Alles ist anders.

Meine Gefühle, die in eine Zeit ohne dich

zurückfallen,

es tut weh, so sehr weh und

ich will nur unser Glück zurück, denn

ich habe dich geliebt.

Nein, es war keine Schwärmerei,

Liebelei oder einfaches

verknallt sein,

nein, ich wollte dich nicht nur,

weil ich dich mehr brauchte.

Nein, es ist nicht nur eine Teenage-Phase gewesen.

Ja, ich habe dich geliebt, oder tue es noch immer,

ich kann meine Gefühle nicht mehr

einordnen, bin verzweifelt,

verloren,

verwundet,

verschworen,

ich bin verliebt.

Ich war verliebt.

Wünschte ich wäre es noch immer,

sehe so viele Menschen in dieser Welt,

ohne ein dich, stehen und

frage mich, warum ich das nicht kann.

Warum tut es so weh?

Warum ich?

Warum schon wieder?

Ich höre sie sagen, es sei nicht meine Schuld

und doch fühle ich mich schuldig,

fühle mich wie der Grund,

warum er nicht liebt.

Ist es nur die Hoffnung oder meine Intuition,

dass er sich melden und verstehen wird,

was er an mir verlor,

ich hoffe, dass es meine Intuition ist,

habe Hoffnung, dass meine Intuition wahr ist.

Bitte, lass es meine Intuition sein.

Ich flehe, bettle, bitte und bete.

Möchte endlich geliebt werden,

bitte, bitte!

Alles ist anders, seit du gegangen bist.

Alles, aber alles ist schlimmer...

So wie früher als ich von Tag zu Tag,

statt jede Minute lebte.

Früher.

Ich erkenne nun, wie schlecht es mir damals ging,

weil es mir besser ging und erkenne nun,

dass ich in das Früher zurückkehre.

Ich will nicht, dass meine Vergangenheit

noch nicht vorbei ist,

ich will- ich muss loslassen,

um eine Zukunft haben zu können.

Wie lasse ich los, wenn meine Vergangenheit

noch nicht vorbei ist?

Hilfe! Hilfe!!!

Ich kann nicht mehr,

ich vermisse, verliere, verliebe

und noch einmal von vorn.

Alles ist anders, seit du weg bist.

Alles.

Ich selber, mein Haus,

Leben, Tage, Gefühle,

alles ist leer, weg.

Ich spüre, wie die Gefühle aus meiner

Brust entweichen,

spüre eine leere Hülle um mein Herz

und möchte sie platzen lassen.

Ich will fühlen,

doch mein Kopf übernimmt,

bitte, hilf mir,

ich kann mir selber nicht mehr helfen,

ich vermisse.

Ich hatte vergessen, wie sehr das weh tut

oder vielleicht war ich noch nie so tief gefallen.

Ich bin verliebt.

Ich war verliebt.

Hoffe, dass ich noch einmal lieben kann

ohne Angst vor vermissen,

ich habe Gefühle,

ich fühle.

Bitte lass unsere Geschichte nicht zu Ende sein.

Ich weiß, dort wird keine Nachricht

auf meinem Handy sein.

Denn du gingst.

Ich will es noch einmal sagen, denn ich weiß

ich muss loslassen.

Und dennoch.

Ich liebe dich.

-

Ich habe es doch versucht!

Ich habe es wirklich versucht.

Ich habe es für dich versucht.

Versucht zu gehen,

doch ich blieb,

für dich.

-

Du weißt, dass du liebst,

wenn es so sehr weh tut und du trotzdem

an das Licht denkst.

Du weißt, dass du liebst,

wenn dir jeden Abend Tränen über die Wangen laufen

und du trotzdem bleiben willst.

Du weißt, dass du liebst,

wenn dir der Schmerz egal ist,

den du jeden Abend durchlebst.

\-

Und warum?

Warum schaffe ich es schon wieder nicht?

Warum fühle ich mich so,

als würde es keinen Ausweg geben?

Warum kann ich nicht einfach aufgeben?

Warum?

Ich schaffe es nicht mehr!

Und wenn du mich fragen würdest, was ich fühle,

ich könnte es dir nicht sagen.

Denn um ehrlich zu sein, ich weiß es nicht,

und irgendwie habe ich auch keinen direkten Grund.

Was es nur schlimmer macht.

-

Was ist falsch mit mir?

Ich will leben,

leben wie ihr-

normal sein, wie ihr,

aber ich bin nicht normal.

Noch nie war ich normal,

ich war immer anders, als die anderen.

Und jetzt?

Jetzt weiß ich nicht mehr,

wer ich bin,

sein möchte,

sein könnte.

Denn ich will so sein, wie sie,

nur, damit man über meine

Taten und Erfolge

spricht,

wie über ihre.

Ich will doch nur besonders sein,

so wie alle-

doch wenn alle besonders sind,

ist es niemand mehr.

- (Trigger Warnung: Tod)

Und dann bist da wieder du,

du stehst vor mir und

siehst alles an mir,

siehst meinen Körper,

mein Gesicht und mich.

Siehst, wie ich stehe und stand,

siehst, wie ich lache und lachte.

Siehst wie meine Tränen fließen und flossen.

Siehst meine Maske stehen und standen.

Siehst meine Scherben fallen und fielen.

Siehst mich.

Siehst mein Inneres sterben und Tod.

Siehst es.

Oder?

-

Tränen auf meinem Gesicht,

 die du nie wieder sehen wirst.

Schreie, die du nie wieder hören wirst.

Bitten, die du nie erhören wirst.

Du bist weg, ich habe dich gelöscht,

aus meinem Handy, Kopf und Geist,

damit ich nicht nochmal zu dir komme,

doch weg bist du nicht.

-

Ich vermisse dich,

also habe ich angefangen zu schreiben.

Ich ging immer tiefer,

in dein und mein Leben.

Immer tiefer in unsere Zeit.

-

Die Geburt ist sicher.

Der Tod ist sicher.

Die Zeit dazwischen,

gehört uns.

-

Als ich in die Schule kam,

bekam ich eine Schultüte,

die gefüllt war, mit allem,

was ich damals je wollte,

es war nicht viel und doch

wusste ich, was es war.

Ich kam in die Schule mit dem Satz:

Nun beginnt der Ernst des Lebens.

Doch wie ernst erfuhr ich erst später.

Ich erfuhr erst später das Gewicht

dieses Tages.

Es war der Anfang,

vom nie endenden Ende.

-

Halb elf,

Zeit zum Schlafen...

Nein, noch ein Video.

Es lenkt ab, ab von der Welt,

die mich vor diesem Bildschirm

und hinter meiner Tür erwartet.

Die Welt,

in der ich gefangen bin

und doch nie bin.

Elf, ich sollte das Handy weglegen und schlafen.

Nein, noch ein Video.

Noch einmal nachsehen,

dass da niemand ist.

Noch einmal Instagram.

Noch einmal Snap Chat.

Halb 12.

Fuck.

1.

Scheiße, ich muss schlafen.

2.

Vergiss es einfach.

-

Die ersten 2 Minuten,

nach dem aufwachen,

sind die einzigen,

freien,

normalen,

bevor ich mir wünschte

nie erwacht zu sein.

-

Ich fühle mich nicht gesehen.

Und vielleicht bin ich es auch nicht.

Vielleicht denke ich, ich bin es.

Es- ein Geist, ein Geheimnis,

ein Versteck.

Ich fühle mich nicht gesehen,

nicht relevant,

nicht besonders,

nicht wichtig,

nicht so, als würde ich etwas bedeuten,

von Bedeutung sein

oder mich bedeutend verhalten.

Ich bin egal, nicht,

als wäre es wichtig,

meine Meinung, Ideen,

Gedanken, Interpretationen,

Ansichten, Gefühle,

Regungen oder Willen zu hören.

Aber ich bin ja egal, komm damit klar!

- (Trigger Warnung: Narben)

Narben,

sie begleiten dich und mich, das ganze Leben.

Sie bleiben.

Du kannst sie nicht spüren,

aber du kannst sie sehen, sie und ihre Erinnerungen.

Die, die bleiben.

Es sind die Narben, die dich und mich wieder und wieder

An diese Momente erinnern.

Es sind die Narben, die uns festhalten.

Sie sind es, die immer bleiben werden.

Sie sind es, die die Menschen sehen.

Sie sehen sie und malen sich ihre eigene Geschichte,

hinter ihnen.

Die Menschen sind es, die dich und mich nun dafür verurteilen,

denn sie kennen die Wahrheit nicht.

Die Wahrheit, die hinter diesen Zeichen steht.

Die Wahrheit der Momente, in denen sie entstanden.

Die Wahrheit der Zeit, die wir beide haben durchleben müssen.

-

Ich wünschte,

du hättest noch

viel mehr Zeit,

auf dieser Erde.

-Der Ort, an dem du noch bei mir bist

In meinen Träumen, in denen du mir verzeihst,

in den Träumen versinke ich am liebsten,

denn dann bist du wieder bei mir.

Bei mir und bringst die schönste Zeit meines Lebens zurück.

Sie sind wie ein save place in dem ich sein kann,

wenn ich es nicht aushalte, wie wir in der Realität sind,

in der wir einander wie Fremde gegenüberstehen, in der,

in der wir so tun, als hätte es ein wir nie gegeben.

Doch in diesen Träumen bist du wieder bei mir, bei mir und

wir können die Zeit zurück drehen.

Denn du bist da und mehr brauche ich nicht um nach dort zurückzufinden,

wo wir uns verloren haben, wo ich mich verloren habe.

Denn in diesen Träumen sitzen wir wieder nebeneinander vor dem Bach und

erzählen uns gegenseitig,

was und wer gerade die Haupt- und wer die Nebenrolle in unserer Geschichte spielt.

An diesen Tagen mochte ich unseren Film besonders,

an solchen, an denen ich mir wünschte, er wäre immer so.

Diese Zeit, in die ich reise, wenn es zu schwer wird zu wissen,

dass es nicht so ist,

wenn es zu schwer wird dich Lachen zu sehen.

An diesen Tagen,

werde ich zu meinen Träumen,

wird die Realität zu meinen Träumen.

Und dann wache ich auf und merke-

Es. war. nur. ein. Traum.

Und du bist nicht mehr hier, nicht mehr bei mir,

nie wieder mit mir.

-

Kannst du mein Herz hören?

Kannst du es brechen hören?

Das leise knacken, welches sich pausenlos

durch meine Ohren drängt?

Die Schreie die davon ausgehen?

Die Sehnsucht?

Die Dankbarkeit?

Der Schmerz?

Die Verzweiflung?

Kannst du hören, wie es leidet?

Kannst du es spüren?

Kannst du mir helfen?

Kannst du es kleben?

Kannst du bei mir sein und es hören?

Meine Hilfeschreie.

Meine Angst.

Meine Sucht.

Kannst du es hören?

Kannst du mich hören?

-Ich auch nicht.

- (Trigger Warnung: Narben)

Ich erwarte einen Sturm.

Erwarte, dass du,

wie der Himmel

Narben in Form von Blitzen

ziehst.

Erwarte dich, aber nicht dich,

als dich-

sondern dich, als einen Sturm,

der schnell und heftig kommt-

ohne Vorwarnung.

Und nun sehe ich dich,

nicht dich,

aber trotzdem eine Art von dir.

Eine, vor der ich immer die

Augen geschlossen habe,

weil es zu sehr weh tut.

Und nun möchte ich wieder

meine Augen bedecken,

mich vor dir verstecken

und mich dir nie mehr öffnen.

Und doch, reißt du

den Himmel und meine Augen auf

und sagst, dass ich mich nicht verschließen soll,

doch wie,

wenn du mir zu oft beibringst,

wie es geht.

-

Was wenn mein Herz nicht mehr schlägt?

Würdet ihr euch zeigen-

eure wahren Gesichter?

Würdet ihr mir Blumen schenken?

Währet ihr da?

Währet ihr das, was ihr nie wart?

Würdet ihr das sagen, was ihr nie tatet?

Würdet ihr etwas bereuen?

Würdet ihr denken,

dass es mir besser oder schlechter geht?

\-

Niemand versichert uns,

dass wir morgen das sind,

was wir gestern noch waren.

-

Die Zeit heilt alle Wunden,

sagen sie.

Doch die Zeit heilt

nichts!

Sie bringt uns nur bei,

mit dem Schmerz zu leben.

-

Nein, mir geht es nicht gut.

Und trotzdem sage ich dir, dass alles Okay sei,

denn ich kann nichts anderes sagen,

wie denn auch?

Wenn jedes: Nein.

In einer Diskussion

Über mein Leben,

meine Einstellung

und alles andere

endet.

-

Das Schlimmste ist nicht einmal,

dass du mich verletzt hast.

Nein, das Schlimmste ist,

dass du mich zerstört hast,

die Teile von mir gebrochen hast,

die es noch zu brechen gab.

Du hast meine Scherben genutzt,

um sie mir in mein Herz zu rammen.

All der Schmerz.

All die Verzweiflung.

All die Hoffnung.

-Löschen oder Behalten

Alle Nachrichten sind gelöscht und alle Fotos im Papierkorb,

mein Bett frisch bezogen und Luft trägt deinen Geruch aus meinem Zimmer.

Mein ist nicht mehr dein und dein wird nie wieder mein sein.

Fast alles ist gelöscht.

Fast.

Denn meine Erinnerungen bleiben,

sie sind das Einzige, das an unsere Zeit erinnert, sie kann ich nicht löschen,

und doch würde ich es tun, vergessen, so als hätte es dich nie gegeben,

schon gar nicht dich und

mich, oder?

Denn die Erinnerungen sind das Einzige, das mir zeigt, es geht, geht glücklich zu sein,

sich zu freuen, zu leben, anstatt zu überleben, zu sein.

Löschen oder behalten?

Vergessen oder erinnern?

Ich weiß es nicht, ich fühle mich verloren, vergessen, leer, in einer Welt, in der du noch existierst

jedoch nicht mit mir, denn ich habe doch alles gelöscht,

bis auf die Erinnerungen.

Sie verbinden uns, und ich frage mich, ob du auch alles gelöscht hast, es für dich nicht notwendig war

oder du gar nicht löschen möchtest,

du nicht vergessen möchtest, vielleicht gib es nichts, was du löschen kannst,

und ich?

Ich versuche zu vergessen, zu verdrehen, versuche zu verstehen,

mich in dieser Welt weiter zu bewegen, mit dir klarzukommen, denn du existierst ja noch,

und immer, wenn ich deinen Namen höre, denke ich an dich,

höre, was sie über dich sagen, und frage mich, ob ich dich jemals gekannt habe,

ob ich nur dachte, dass ich das täte, oder ob du dich verändert hast,

ob ich dich verändert habe.

Und ganz vielleicht frage ich mich, ob du mich versuchst zu löschen, zu vergessen, zu verdrehen,

ob du versuchst mich zu verstehen,

ob deine Gedanken meinen gleichen.

Ob ich dich kenne, oder nur erkenne, jedoch nicht wiedererkenne.

Ich dachte ich würde dich kennen, verstehen, sehen, akzeptieren, tolerieren, wissen.

Ich dachte.

Löschen oder behalten?

Vergessen oder erinnern?

Und ich wünschte, ich würde nie vor diesen Türen stehen müssen, denn sie tun weh.

Es tut weh mich entscheiden zu müssen,

ob ich Erinnerungen, welche mich so glücklich machten, löschen möchte,

weil das die einzige Möglichkeit ist, diesen Schmerz zu überstehen.

Ich wünschte ich wäre nie hier gewesen, wünschte, die Geschichte sei keine Geschichte sondern

Realität,

wünschte ich könnte sie leben, statt mich fragen zu müssen, ob ich sie vergesse, ich...

Fühle mich leer, verloren und stehe vor einer Entscheidung, die ich nicht treffen möchte,

ich fühle mich dafür noch nicht bereit und weiß nicht, ob ich das jemals sein werde,

ich bin doch noch

ein Kind.

Ich weiß nicht, wie die Zukunft aussehen wird, weiß nicht, was ich tun soll, ich bin doch noch ein Kind.

Ich dachte immer man muss erwachsen sein um schwere Dinge tragen zu müssen, doch ich habe

Schon jetzt mehr als 20kg auf meinem Rücken,

ich bin doch noch ein Kind.

Ich will nicht vergessen, nur verstehen, nur in der Vergangenheit leben, nur leben, erleben, sein.

Ist es zu viel gewollt, gewollt zu sein?

Zu wollen, dass jemand bleibt, zu wollen. Das man nicht länger allein durch die Welt läuft.

Will ich zu viel, sage ich, dass ich gewollt sein will?

Ich dachte immer, die richtigen Probleme hat man, wenn man groß ist, ich dachte...

Doch es tut so sehr weh zu vermissen, dieses eine Puzzleteil immer wieder zu suchen,

doch nicht zu finden, ich habe es ja gelöscht.

Ich werde es nicht finden, doch vergessen will ich es auch nicht,

es passte doch so gut in das Gesamtbild, ich vermisse es.

Vermisse, die Vollkommenheit, vermisse alles, was ich mit dem fertigen Bild hätte tun können.

Was ist aus unseren Plänen geworden?

Löschen oder behalten?

Vergessen oder erinnern?

Ich weiß nicht, ob ich eine Antwort darauf haben werde,
weiß nicht, ob ich das überhaupt will.

Doch ich weiß, dass ich mit oder ohne Erinnerungen
loslassen muss,

damit ich eine Zukunft haben kann.

Doch wann lasse ich los, wann und wie soll ich jemanden
loslassen können,

der mir einst so viel

bedeutete?

Wie soll ich löschen, was ich behalten will,

doch behalten, was so sehr weh tut?

Löschen oder behalten?

-

Dies sind die letzten Worte,

meine letzten Worte.

Die letzten, die ich zu Papier bringe,

für dich.

Dies sind meine letzten Worte,

sie beschrieben ES.

Es, was für dich doch immer nur

ein Tabuthema war.

Dies sind die letzten Worte vor dem Ende.

Vor meinem Ende.

Dies ist mein Abschiedsbrief.

-

Mein größter Wunsch?

Eines Tages mir selber verzeihen.

Einestages mit mir und meiner Geschichte befreundet,

statt befeindet zu sein.

Einestages frei von den Lasten meiner Vergangenheit sein.

Frei von all dem,

was mir sagt, ich sei nicht gut genug

und werde es auch nie sein.

Frei von den Qualen,

frei von dem Hass zu mir und meinen Taten.

Frei von mir selbst.

Eines Tages mich selber lieben zu lernen.

Eines Tages in den Spiegel schauen und sagen:

Ich vergebe dir.

-

Warum?

Warum bin ich anders?

Ich will doch nur normal sein,

wie ihr sein.

Will doch nur wert sein.

-

Ich bin ein Kind,

ein Kind, dass all seine Bedürfnisse zurückstellt,

ein Kind, welches nicht gelernt hat, an sich selbst zu glauben.

Ein Kind, welches sich frägt, was es falsch gemacht hat.

Ein Kind, welches Emotionen vor anderen versteckt.

Eines, das nicht gelernt hat, was es heißt sich umsorgt zu fühlen.

Eines, das sich lieber in anderen Leben versteckt,

als seines wahr zu nehmen.

Eines, das nicht mehr daran glaubt, glücklich zu werden.

Eines, das nicht daran glaubt, Glück überhaupt verdient zu haben.

Ich bin ein Kind, von dem erwartet wird, zu wissen,

welcher Weg der richtige ist.

Es wird erwartet, und trotzdem weiß das Kind es nicht.

Es weiß nicht, was es heißt zu lieben, zu sorgen,

zu akzeptieren.

Es weiß nicht, dass es selber noch ein Kind ist und nicht alles wissen kann.

Es weiß nicht, dass es nicht alles wissen muss.

Es will wissen, was richtig ist, es will wissen,

wo lang es gehen muss.

Es will wissen, wie es funktioniert.

Es ist ein Kind, welches leben will,

welches lebt, aber nicht weiß, dass es tut.

Es lebt, in jedem einzelnen,

Raum lebt dieses Kind.

Es lebt.

Überall.

Und nirgends.

-

Und irgendwie ist heute, morgen.

Und ich weiß, dass übermorgen,

gestern sein wird.

Irgendwie gleicht jeder Tag dem anderen

Und irgendwie habe ich das Gefühl

in einer lebendigen Schleife zu existieren.

Irgendwie lebe ich nicht mehr

und sehe heute wie morgen

und gestern wie nächste Woche.

Alles fühlt sich gleich an

und alles ist gleich.

Der gleiche Alltag,

der gleiche Ablauf,

die gleiche Routine.

Diesen Tag,

jeden Tag.

-

Okay, ich mache es falsch,

laut euch,

ich habe keine Ahnung,

was ich getan habe,

aber es wäre sowieso egal gewesen.

Aber hört ihr euch zu?

Hört ihr,

wie ihr mich, für mein sein

verurteilt?

Hört ihr-

wie ihr eure eigenen Fehler ignoriert.

Hört ihr-

Wie ihr mich und sie für etwas verurteilt,

was wir alle sind?

Hört ihr euch selbst?

Euren Verstand?

Euren Glauben?

Eure Hoffnung?

Hört ihr, eure Menschlichkeit?

-

Ich fühle mich wie eine Puppe,

die alles tut, was andere wollen.

Doch nur benutzt wird,

wenn sie andere wollen.

-

Ich sehe dich, dich und die Art, wie du sprichst,

dich und dein Gesicht.

Ich höre dich, dich und deine Stimme, in meinen Ohren,

welche mich nicht mehr loslässt.

Ich fühle dich, an mir und neben mir,

neben mir an einem Platz,

den nur du einnehmen kannst.

Einen Platz an den nur du gehörst und der immer nur

für dich bleibt.

Ich sehe dich.

Ich höre dich.

Ich fühle dich.

Dich,

du die da bist, du, die immer da war.

Du mit der ich war.

Mit der nun alle sind.

Außer ich.

-

Der Tag beginnt,

ich bin glücklich?

Eine Sekunde verstreicht,

und ich habe keine Kraft mehr,

keine Kontrolle mehr,

weder über mich,

noch über meinen Kopf.

-

Und nein.

Nein, ich habe keine Zeit.

Nein, ich kann nicht telefonieren.

Nein, ich möchte jetzt nicht raus.

Und nein.

Nein, es hat nichts mit dir zu tun.

Nein, du hast nichts falsch gemacht.

Nein, es ist nicht deine Schuld.

Und nein.

Nein, ich schaffe das schon.

Nein, das wird schon.

Nein, es wird alles gut.

Und Nein, ich habe nicht

die Wahrheit gesagt.

Und nein,

es ist nicht alles Okay.

-Mein Innerstes, außen

Da ist so viel,

was ich nie sagen könnte,

also habe ich Texte geschrieben.

So viele Texte,

weil ich nie in Worten ausdrücken

könnte, was ich fühle,

und was ich möchte, dass du weißt.

Es gibt nicht genug Texte,

für alle Wörter, die nie über meine

Lippen, jedoch auf Papier kommen.

So viele Wörter, nach denen du mich

frägst und doch

prallen sie an meiner Wand ab,

fallen hinunter und werden nicht

ausgesprochen.

An ihre Stelle tritt ein Wort.

Ein einziges,

welches all die Wörter vertreten soll,

die in die Dunkelheit fielen,

als ich sie am meisten brauchte.

Es beschreibt so viel und doch

gar nichts,

doch am wenigsten das,

was ich und wie ich mich gerade fühle.

Denn in mir sind so viele Wörter

auf einem Scheiterhaufen,

welcher nur darauf wartet angezündet

zu werden.

Welcher nur darauf wartet,

vernichtet zu werden.

Bis sie ausbrechen,

meine Mauer zerstören,

um endlich an die Oberfläche zu kommen.

Ich schlage sie auf den Tisch,

der zwischen uns steht,

sehe sie aufprallen und du

wunderst dich,

wie das Wetter so schnell umschlagen konnte.

Du bekommst Kopfschmerzen davon

Und ich sehe den Worten zu,

wie sie still an etwas abprallen.

Du würdest etwas kochen sagst du

und ich sehne mich danach,

dass du sie endlich siehst,

erkennst, welche Worte ich

vor mir ausgebreitet habe

und mein Innerstes offenbart habe.

Du versuchst dein Leben zu leben,

während ich leise auf die

Hilfeschreie vor mir schaue,

leise den stummen Worten nachtrauere,

welche nie meinen Kopf verlassen könnten.

Da ist so viel, was ich nie sagen konnte

und doch liegen sie vor mir,

wie Geständnisse an mich

und die Welt,

und obwohl sie meinen Mund

nie verlassen haben,

wachsen sie jeden Tag mehr,

in mir und an mir,

du musst nur die Augen öffnen,

um mein Innerstes außen zu sehen.

Nachwort

Falls du dich gerade in einer schweren Zeit befindest, möchte ich dich daran erinnern, dass es nicht schlimm ist sich Hilfe zu suchen. Das ist kein Zeichen der Schwäche, sondern eines der Stärke, und des Willens, dass es wieder besser werden soll! Du schaffst das! Ich bin unglaublich stolz auf dich, dass du noch stehst, obwohl sich jeder Tag wie eine neue Last und Dunkelheit anfühlt, du schaffst das. Du hast dich! Und das kann dir niemand nehmen. Sei du selbst in einer Welt, die dir sagt, wer du zu sein hast! Ich bin stolz auf dich, mein kleiner Kämpfer 😊

Du kannst auch anonym über die Nummer gegen Kummer (116111) ein paar Sorgen aussprechen.

Alles Gute und pass auf dich auf, mein Kämpferherz!

Deine Kathi.

Danksagung

Zuerst möchte ich Dir danken, denn du hast mir meinen Wunsch, meine Texte anderen, und mein eigenes Buch der Welt zu geben, möglich gemacht. Danke, dass du mir und meinen Texten eine Stimme gegeben hast. Danke.

Nun bist du dran, Mama, ich danke dir, dass du mir geholfen hast meine Texte zu teilen, ich danke, dir das du mich unterstützt und alle Wege so gut es geht für mich bereitest, dass mir meine Reise auf ihnen ein bisschen leichter fällt. Und vielleicht sage ich es zu selten, aber ich liebe dich und bin dir Dankbar, dass du jeden Tag dein Bestes gibst, um mir beizustehen. Mama, ich sehe und liebe dich.

Papa, ich habe dich lieb. Danke, dass du mir immer hilfst und mir vor allem bei technischen Dingen beistehst, wenn ich wieder nicht verstehe, wie ich ein Problem an meinem Laptop löse 😊. Ich danke dir, für dein Sein und dein Dasein, Danke das du für mich bist.

Jari, es ist komisch das zu sagen, denn du hast mich als Kind doch so genervt, doch ich habe dich lieb. Auch wenn du weg bist, bist du für mich da, das weiß ich. Ich hab dich lieb, JJ.

Vik, ich weiß, ich habe dir schon dieses Buch gewidmet, doch ich möchte dir hier noch einmal eine Stimme geben, denn du wusstest irgendwie immer, wenn ich gerade Ablenkung von meinem Leben brauchte, und irgendwie wusstest du immer, was du sagen oder tun musstest, damit ich mein Lächeln wiederfand. Danke auch, dass du dieses Cover designt hast! Deine künstlerischen Fähigkeiten sind so unglaublich! Du hast großes Talent!

Genauso, wie beim Schauspielern! Um ehrlich zu sein, bewundere ich das. Es ist wunderschön, Danke. Ich habe dich lieb, Sis!

Oma, Danke für die wunderschönste Kindheit mit den besten Süßigkeiten! Ich habe dich lieb.

Opa, Danke dir für all die unglaublich schönen Erinnerungen, die wir zusammen schaffen durften. Ich habe dich lieb.

Omi, Danke, für all die Morgen, an denen ich deinen Kakao trinken durfte, diese waren immer die Schönsten! Ich habe dich lieb.

Opi, ich durfte dich nicht lange kennenlernen, doch trotzdem Danke ich dir, ich weiß, dass du stolz auf mich bist. Ich habe dich lieb.

Hele, Danke, für deine offenen Arme, Ohren und Momente, die du mir schenkst. Ich habe dich so lieb und danke dir, dass du immer für mich da bist. Ich liebe dich Baby!

Carla, Danke! Ich nehme dich als heimliches Vorbild, ja? Hab dich lieb. Küsschen aufs Nüsschen.

Mia, Danke, dass du mich, seit ich anfing älter zu werden begleitet hast! Danke, für alles, ich habe dich lieb

Sema, I love you so much, my Queen!

Xela, Danke! Danke, dass du mit mir unsere Kindheit verbracht hast, danke, für so viele Erinnerungen, die bleiben werden! Ich liebe dich so sehr und bin so dankbar dich in meinem Leben haben zu dürfen, ich danke dir für all die schönen Jahren und auf weitere. Ich habe dich lieb.

Lea, du Engel ohne Flügel, ich habe dich lieb, big sis.

Laura, ich habe dich lieb!

Danke, an mein jüngeres Ich, das mich zu dem Menschen machte, der ich heute bin, ich bin stolz auf dich.

Zeitfracht Medien GmbH
Ferdinand-Jühlke-Straße 7
99095 Erfurt, Deutschland
produktsicherheit@kolibri360.de